LES SIX COMPAGNONS

YOULNA A DISPARU

Scénario : Claude Prothée
Dessin : Nicolas Wintz

D'après les personnages créés par
Paul-Jacques Bonzon

HACHETTE ★ EDI-MONDE

ET TOI MADY, QUE COMPTES-TU FAIRE POUR TON DEVOIR DE FRANCAIS?...
...
MADY, TU M'ÉCOUTES?
M'ÉNERVENT CES DEUX-LÀ !!
COMMENT ?
OH RIEN... CES DEUX TYPES QUI NOUS SUIVENT DEPUIS LE LYCÉE. SI ÇA CONTINUE, JE VAIS...
...ALLER LEUR DEMANDER...
!?!
SOLDES
YOULNA...?
HÉÉÉ... ELLE VA NOUS SEMER...

DOUM TAPTAP DOUM...
← sortie
Direction L.Bonnenay
TAP... DOUMDOUM
TUUUUUUUTT...
CLAC
ET ZUT!!
DE DÉMÉNAGEURS!!
TAPTAP
TAP
TAP TAP TAP AP TAP
TAP TAP TAP TAP
TIENS, TIENS!!
Croix Rou
TAP DOUMDOUM TAP TAP DOUM DO
POC
DOUM DOUM
BEN ÇA ALORS?
BOMTAPTAPDOUM
2

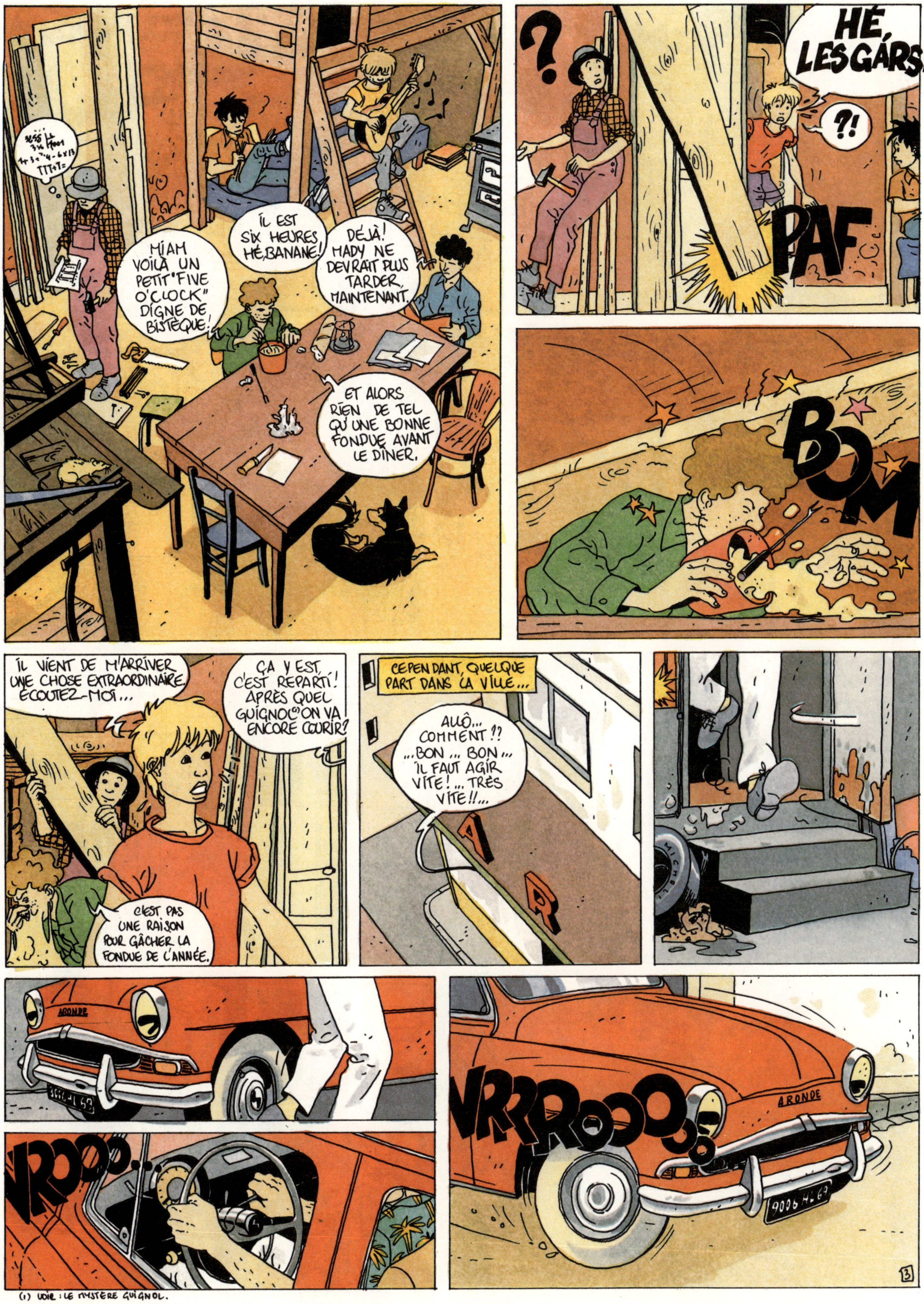

(1) VOIR : LE MYSTÈRE GUIGNOL.

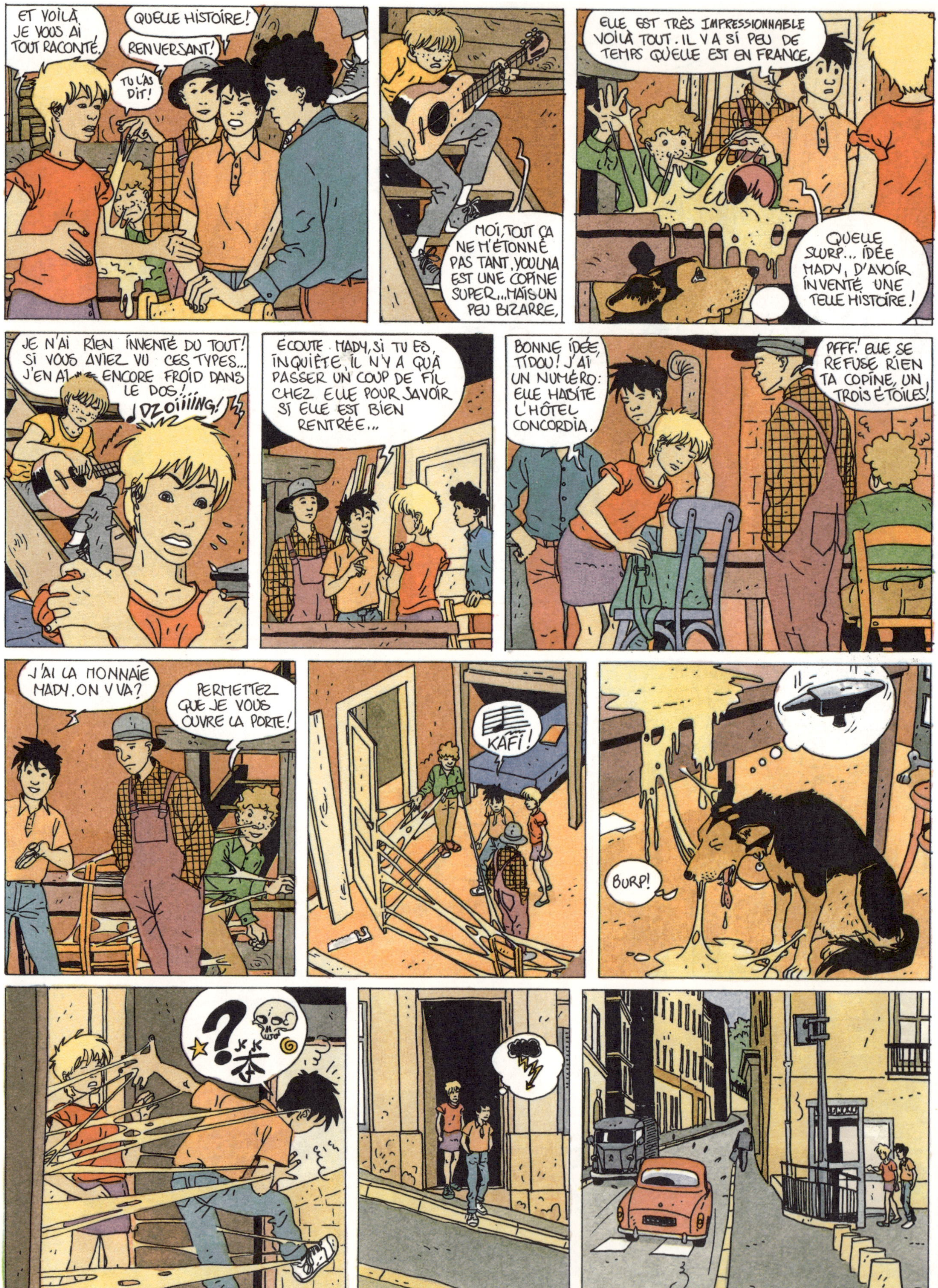

ET VOILÀ, JE VOUS AI TOUT RACONTÉ.
QUELLE HISTOIRE!
RENVERSANT!
TU L'AS DIT!
MOI, TOUT ÇA NE M'ÉTONNE PAS TANT, YOUNA EST UNE COPINE SUPER... MAIS UN PEU BIZARRE,
ELLE EST TRÈS IMPRESSIONNABLE VOILÀ TOUT. IL Y A SI PEU DE TEMPS QU'ELLE EST EN FRANCE.
QUELLE SURP... IDÉE MADY, D'AVOIR INVENTÉ UNE TELLE HISTOIRE!
JE N'AI RIEN INVENTÉ DU TOUT! SI VOUS AVIEZ VU CES TYPES... J'EN AI ENCORE FROID DANS LE DOS!
DZOIIIING!
ÉCOUTE MADY, SI TU ES INQUIÈTE, IL N'Y A QU'À PASSER UN COUP DE FIL CHEZ ELLE POUR SAVOIR SI ELLE EST BIEN RENTRÉE...
BONNE IDÉE, TIDOU! J'AI UN NUMÉRO: ELLE HABITE L'HÔTEL CONCORDIA.
PFFF! ELLE SE REFUSE RIEN TA COPINE, UN TROIS ÉTOILES!
J'AI LA MONNAIE MADY. ON Y VA?
PERMETTEZ QUE JE VOUS OUVRE LA PORTE!
KAFI!
BURP!

DRRRIIIIING
DRRIIII
ALLÔ?... AH! C'EST TOI, MADY... NON, NON... NE T'INQUIÈTE PAS!
JE ... JE SUIS UN PEU NERVEUSE EN CE MOMENT.
CONCORDIA
HOTEL
boulangerie
UN JOUR JE T'EXPLIQUERAI J'ESPÈRE... MAIS MAINTENANT...
...
!!!
TOC TOC
TOC TOC
ALLÔ, ALLÔ, YOULNA? YOULNA?... QUE SE PASSE-T-IL?
YOULNA!... ELLE NE RÉPOND PLUS!

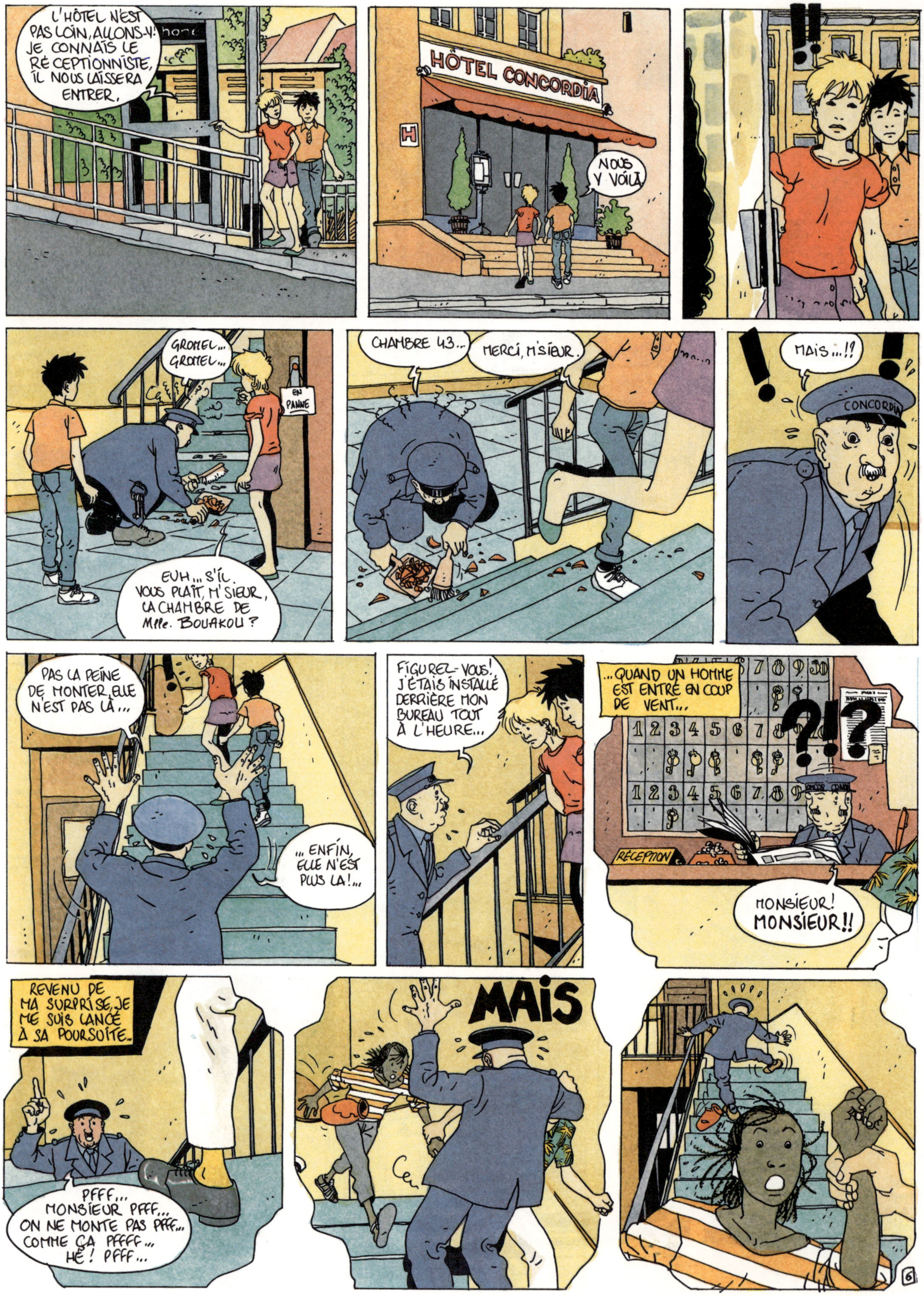
L'HÔTEL N'EST PAS LOIN, ALLONS-Y! JE CONNAIS LE RÉCEPTIONNISTE, IL NOUS LAISSERA ENTRER.
HÔTEL CONCORDIA
H
NOUS Y VOILÀ
GROMEL... GROMEL...
EN PANNE
EUH... S'IL VOUS PLAÎT, M'SIEUR, LA CHAMBRE DE Mlle. BOUAKOU?
CHAMBRE 43...
MERCI, M'SIEUR.
MAIS...!?
CONCORDIA
PAS LA PEINE DE MONTER, ELLE N'EST PAS LÀ...
... ENFIN, ELLE N'EST PLUS LÀ!...
FIGUREZ-VOUS! J'ÉTAIS INSTALLÉ DERRIÈRE MON BUREAU TOUT À L'HEURE...
...QUAND UN HOMME EST ENTRÉ EN COUP DE VENT...
RÉCEPTION
MONSIEUR! MONSIEUR!!
REVENU DE MA SURPRISE, JE ME SUIS LANCÉ À SA POURSUITE.
PFFF... MONSIEUR PFFF... ON NE MONTE PAS PFFF... COMME ÇA PFFFF... HÉ! PFFF...
MAIS
6

AAAAH!
BING
BONG
LE TEMPS DE GAGNER LA RUE À MON TOUR, ILS DISPARAISSAIENT DANS UNE VOITURE ROUGE.
CO... COMMENT? IL A ENTRAÎNÉ YOUNA DANS SA VOITURE!!?
BEN, OUI!
MAIS ÇA RESSEMBLE À UN ENLÈVEMENT ÇA!
BEN OUI!
UN ENLÈVEMENT ??!
BEN OUI
MADAME BOUAKOU!
YOUNA! QUE LUI EST-IL ARRIVÉ ??
BEN, OUI... HEU, NON... ENFIN...
QUELQUES EXPLICATIONS PLUS TARD...
...ET ILS SONT PARTIS DANS UNE VOITURE ROUGE.
C'EST MA FAUTE! JE N'AURAIS PAS DÛ LAISSER YOUNA SEULE!
TAXI!
AAAAAH!
BOM

TUUUT TUUUUUUUTT
C'ÉTAIT MA CLIENTE, ESPÈCE DE CORNICHON!
AH BEN SI J'AVAIS SU, JE L'AURAIS ÉVITÉE.
ÉPICERIE LAPLUCHÈRE
VITE, MONSIEUR! IL FAUT APPELER UNE AMBULANCE!
BEN OUI.
J'Y VAIS.
... DANS UNE VOITURE ROUGE...
UN ENLÈVEMENT?
TUUUT TUUUT
S.A.M.
BEN OUI.
BON, JE VAIS AVERTIR LE COMMISSARIAT.
ELLE EST SANS CONNAISSANCE.
OUI, SA TÊTE A HEURTÉ LE SOL.
TIDOU!
HOTEL
LIQ
LIQU
MES SUIVEURS!
... UNE VOITURE ROUGE
BEN OUI.
VIENS!
ZUT TROP TARD! ILS ONT DISPARU...
PFFF! SI C'ÉTAIT BIEN EUX!!
J'EN SUIS SÛRE! CURIEUSE COÏNCIDENCE TOUT DE MÊME.
SI CE PARESSEUX DE KAFI ÉTAIT VENU AVEC NOUS!

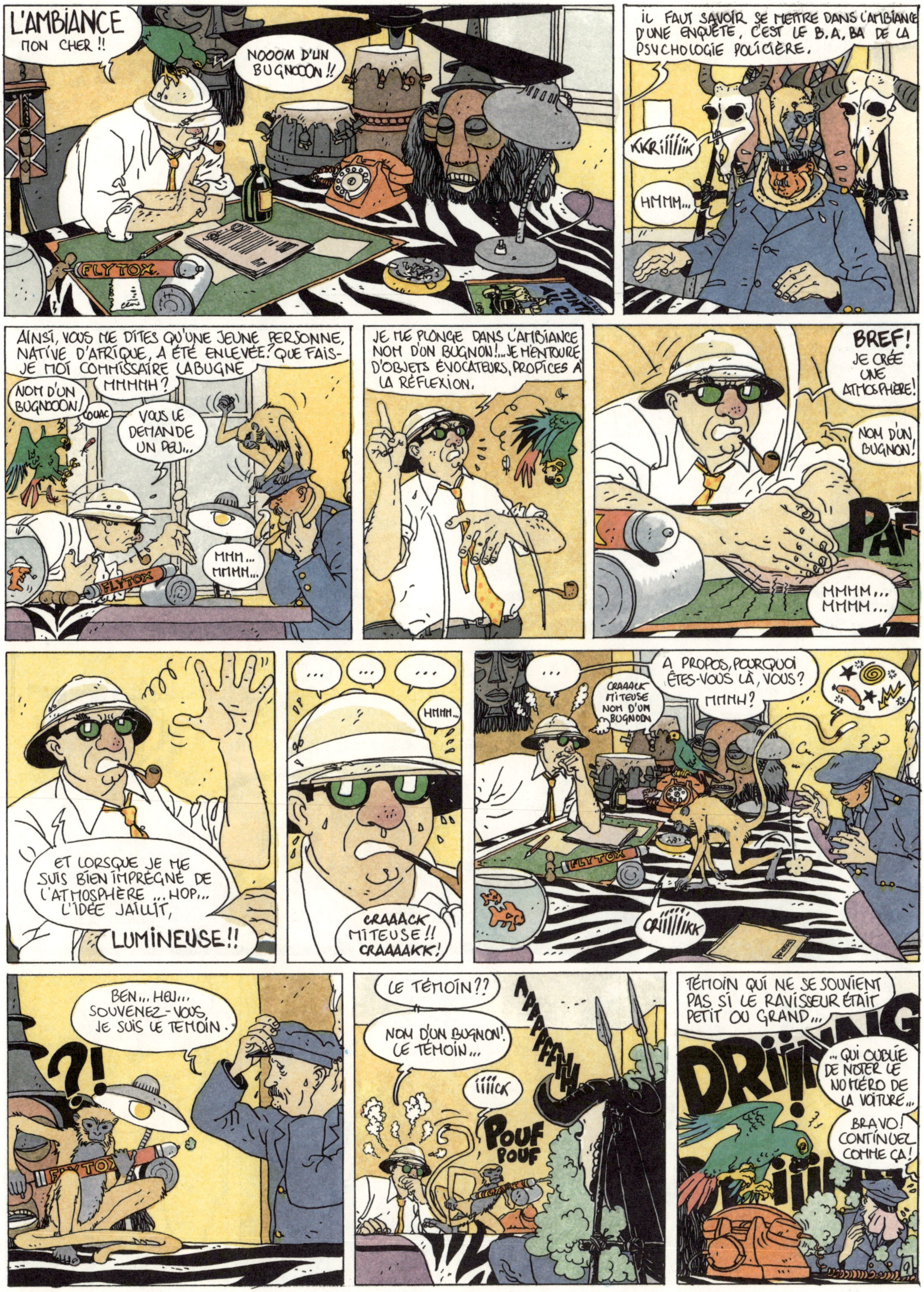

L'AMBIANCE MON CHER !!
NOOOM D'UN BUGNOOON !!
FLYTOX
IL FAUT SAVOIR SE METTRE DANS L'AMBIANCE D'UNE ENQUÊTE, C'EST LE B.A. BA DE LA PSYCHOLOGIE POLICIÈRE.
KKRIIIIIIK
HMMM...
AINSI, VOUS ME DITES QU'UNE JEUNE PERSONNE, NATIVE D'AFRIQUE, A ÉTÉ ENLEVÉE? QUE FAIS-JE MOI COMMISSAIRE LABUGNE
MMMMH?
NOM D'UN BUGNOOON!
COUAC
VOUS LE DEMANDE UN PEU...
MMM... MMMM...
FLYTOX
JE ME PLONGE DANS L'AMBIANCE NOM D'UN BUGNON!... JE M'ENTOURE D'OBJETS ÉVOCATEURS, PROPICES À LA RÉFLEXION.
BREF! JE CRÉE UNE ATMOSPHÈRE!
NOM D'UN BUGNON!
PAF
MMMM... MMMM...
ET LORSQUE JE ME SUIS BIEN IMPRÉGNÉ DE L'ATMOSPHÈRE ... HOP... L'IDÉE JAILLIT,
LUMINEUSE!!
...
...
...
MMMM...
CRAAACK MITEUSE!! CRAAAAKK!
...
CRAAACK MITEUSE NOM D'UN BUGNOON
A PROPOS, POURQUOI ÊTES-VOUS LÀ, VOUS?
MMMH?
FLYTOX
CRIIIIIIKK
BEN... HEU... SOUVENEZ-VOUS, JE SUIS LE TÉMOIN.
?!
FLYTOX
LE TÉMOIN??
NOM D'UN BUGNON! LE TÉMOIN...
FFFFFFH
IIIIICK
POUF POUF
TÉMOIN QUI NE SE SOUVIENT PAS SI LE RAVISSEUR ÉTAIT PETIT OU GRAND...
DRIIING
... QUI OUBLIE DE NOTER LE NUMÉRO DE LA VOITURE...
BRAVO! CONTINUEZ COMME ÇA!

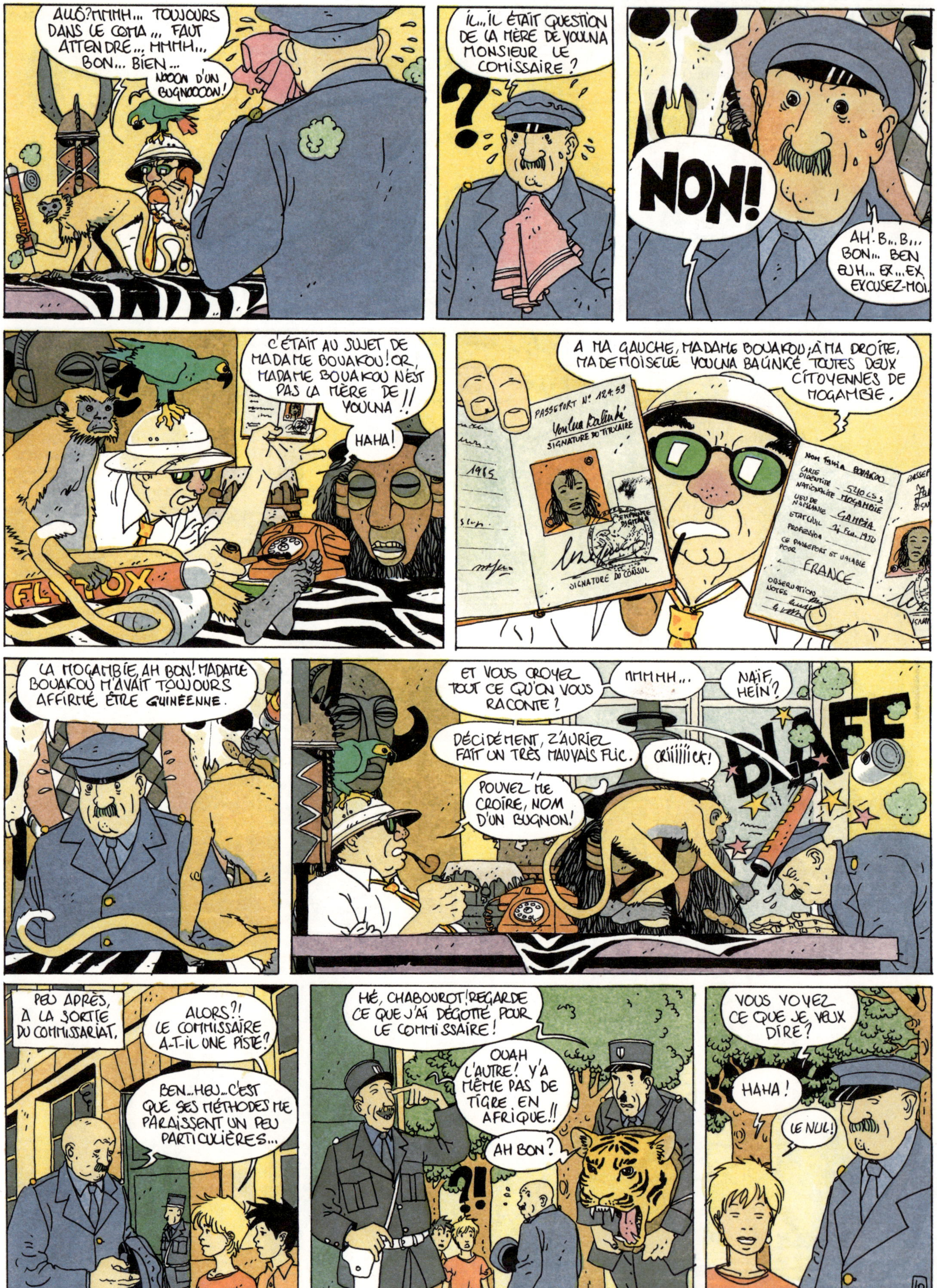
ALLÔ?MMMH... TOUJOURS DANS LE COMA... FAUT ATTENDRE... MMMH... BON... BIEN...
NOOON D'UN BUGNOOOON!
IL... IL ÉTAIT QUESTION DE LA MÈRE DE YOULNA MONSIEUR LE COMMISSAIRE?
?
NON!
AH! B... B... BON... BEN EUH... EX... EX... EXCUSEZ-MOI.
C'ÉTAIT AU SUJET DE MADAME BOUAKOU! OR, MADAME BOUAKOU N'EST PAS LA MÈRE DE YOULNA!!
HAHA!
FLYTOX
A MA GAUCHE, MADAME BOUAKOU; À MA DROITE, MADEMOISELLE YOULNA BALUNKÉ, TOUTES DEUX CITOYENNES DE MOGAMBIE.
PASSEPORT N° 124.59
SIGNATURE DU TITULAIRE
SIGNATURE DU CONSUL
FRANCE
LA MOGAMBIE, AH BON! MADAME BOUAKOU M'AVAIT TOUJOURS AFFIRMÉ ÊTRE GUINÉENNE.
ET VOUS CROYEZ TOUT CE QU'ON VOUS RACONTE?
MMMMH...
NAÏF, HEIN?
DÉCIDÉMENT, Z'AURIEZ FAIT UN TRÈS MAUVAIS FLIC.
CRIIIIIICK!
BLAFF
POUVEZ ME CROIRE, NOM D'UN BUGNON!
PEU APRÈS, A LA SORTIE DU COMMISSARIAT.
ALORS?! LE COMMISSAIRE A-T-IL UNE PISTE?
BEN... HEU... C'EST QUE SES MÉTHODES ME PARAISSENT UN PEU PARTICULIÈRES...
HÉ, CHABOUROT! REGARDE CE QUE J'AI DÉGOTTÉ POUR LE COMMISSAIRE!
OUAH L'AUTRE! Y'A MÊME PAS DE TIGRE EN AFRIQUE!!
AH BON?
?!
VOUS VOYEZ CE QUE JE VEUX DIRE?
HAHA!
LE NUL!
10

UN PEU PLUS TARD...
VOILÀ ! ET D'APRÈS LABUGNE, MADAME BOUAKOU N'EST PAS LA MÈRE DE VOULNA PUISQUE ELLE S'APPELLE BALINKÉ. TOUT ÇA EST BIEN MYSTÉRIEUX.
CES DEUX, ON PEUT PAS LES LAISSER SORTIR SEULS... CINQ MINUTES ET ÇA DÉGÉNÈRE !
ET EN PLUS, ELLE SE FAISAIT PASSER POUR DES GUINÉENNES !
EN TOUT CAS, JE SUIS SÛRE QUE NOS DEUX SUIVEURS N'ÉTAIENT PAS ÉTRANGERS À L'ENLÈVEMENT.
ET, ÉVIDEMMENT, PAS QUESTION DE COMPTER SUR LABUGNE COMME D'HABITUDE.
IL FAUDRAIT UNE PISTE... UN TÉMOIN...
LE MUSICIEN DU MÉTRO !
SUIVEZ-MOI !
???
TAM TAM TAM TAM
IL EST LÀ !
TAM DOUMDOUM
TAM DOUB
?!
C'EST PAS LUI !!
DIS, LE TYPE QUI JOUAIT DES CONGAS À CETTE PLACE HIER, TU LE CONNAIS ?
SIXU ? OUAIS, C'EST MON COPAIN !
MAIS SI C'EST POUR LUI PARLER C'EST TROP TARD.

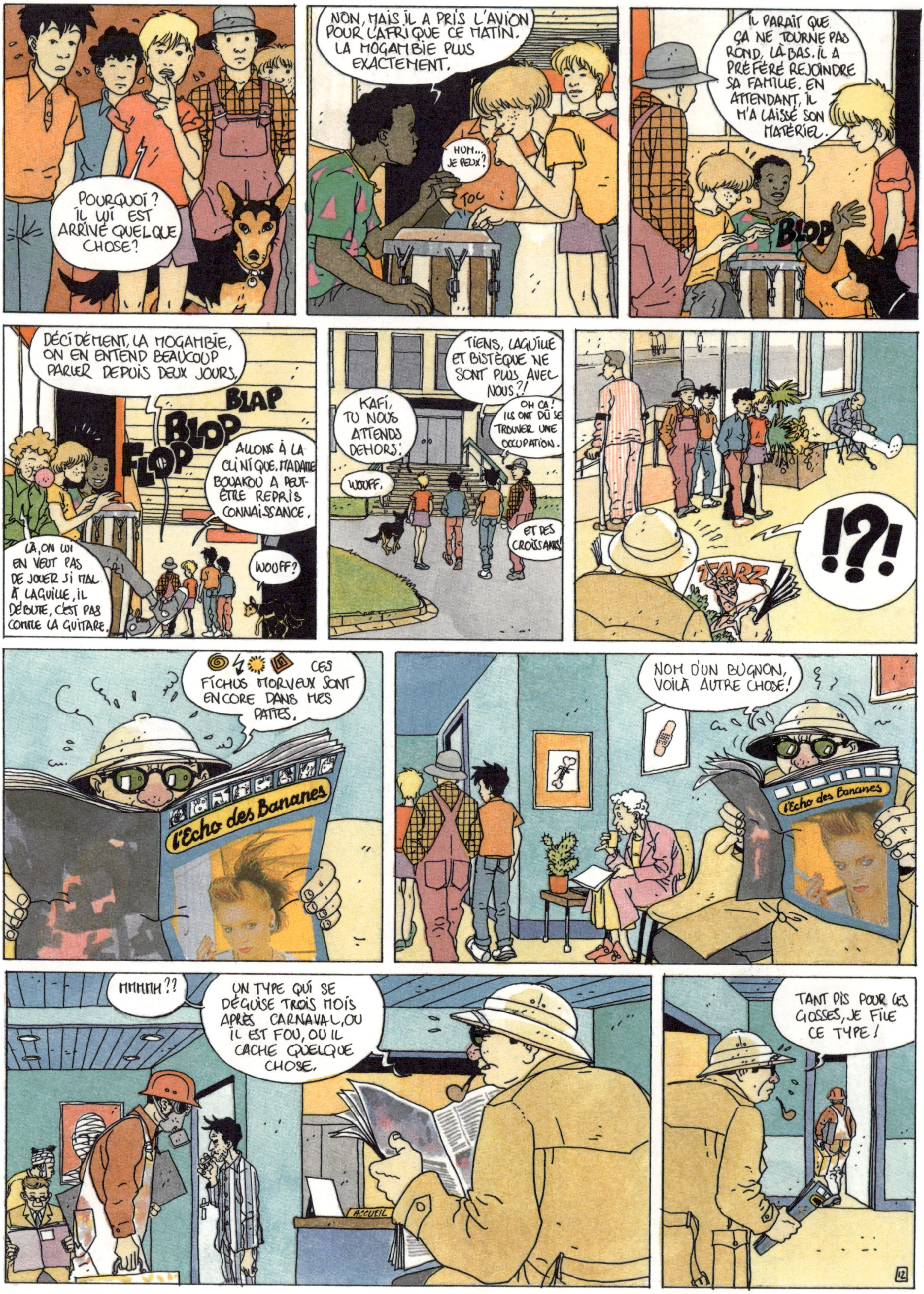
POURQUOI? IL LUI EST ARRIVÉ QUELQUE CHOSE?
NON, MAIS IL A PRIS L'AVION POUR L'AFRIQUE CE MATIN. LA MOGAMBIE PLUS EXACTEMENT.
HUM... JE PEUX?
TOC
IL PARAÎT QUE ÇA NE TOURNE PAS ROND, LÀ-BAS. IL A PRÉFÉRÉ REJOINDRE SA FAMILLE. EN ATTENDANT, IL M'A LAISSÉ SON MATÉRIEL.
BLOP
DÉCIDÉMENT, LA MOGAMBIE, ON EN ENTEND BEAUCOUP PARLER DEPUIS DEUX JOURS.
BLAP
BLOP
FLOP
ALLONS À LA CLINIQUE. MADAME BOUAKOU A PEUT-ÊTRE REPRIS CONNAISSANCE.
LÀ, ON LUI EN VEUT PAS DE JOUER SI MAL À LAGUILLE, IL DÉBUTE, C'EST PAS COMME LA GUITARE.
WOUFF?
TIENS, LAGUILLE ET BISTÈQUE NE SONT PLUS AVEC NOUS?!
KAFI, TU NOUS ATTENDS DEHORS!
OH ÇA! ILS ONT DÛ SE TROUVER UNE OCCUPATION.
WOUFF.
ET DES CROISSANTS!
!?!
TARZ
CES FICHUS MORVEUX SONT ENCORE DANS MES PATTES.
l'Echo des Bananes
NOM D'UN BUGNON, VOILÀ AUTRE CHOSE!
l'Echo des Bananes
MMMMM??
UN TYPE QUI SE DÉGUISE TROIS MOIS APRÈS CARNAVAL, OU IL EST FOU, OU IL CACHE QUELQUE CHOSE.
ACCUEIL
TANT PIS POUR LES GOSSES, JE FILE CE TYPE!
12

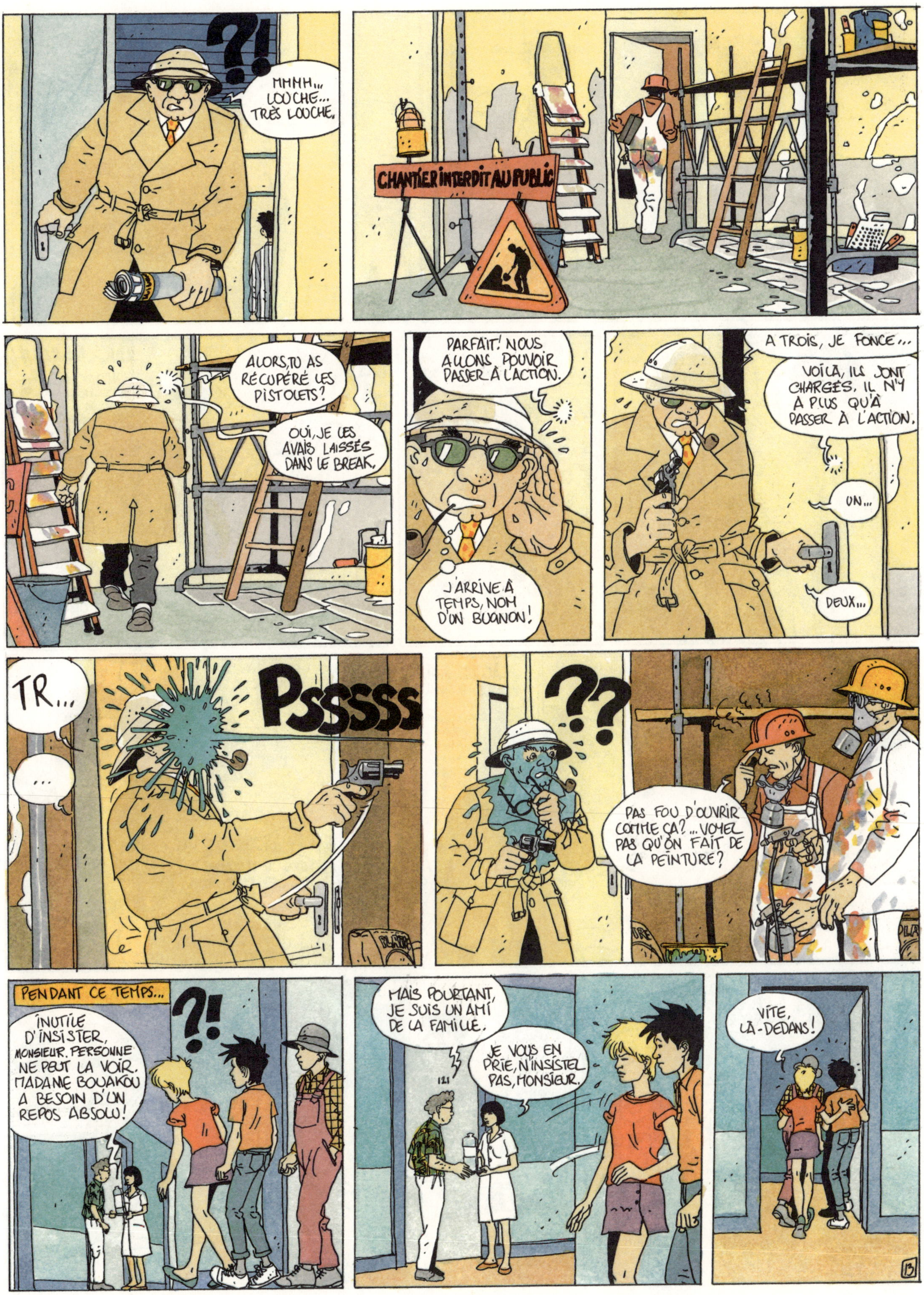
?!
MMMH... LOUCHE... TRÈS LOUCHE.
CHANTIER INTERDIT AU PUBLIC
ALORS, TU AS RÉCUPÉRÉ LES PISTOLETS?
OUI, JE LES AVAIS LAISSÉS DANS LE BREAK.
PARFAIT! NOUS ALLONS POUVOIR PASSER À L'ACTION.
J'ARRIVE À TEMPS, NOM D'UN BUGNON!
A TROIS, JE FONCE...
VOILÀ, ILS SONT CHARGÉS. IL N'Y A PLUS QU'À PASSER À L'ACTION.
UN...
DEUX...
TR...
...
PSSSSS
??
PAS FOU D'OUVRIR COMME ÇA?... VOYEZ PAS QU'ON FAIT DE LA PEINTURE?
PENDANT CE TEMPS...
?!
INUTILE D'INSISTER, MONSIEUR. PERSONNE NE PEUT LA VOIR. MADAME BOUAKOU A BESOIN D'UN REPOS ABSOLU!
MAIS POURTANT, JE SUIS UN AMI DE LA FAMILLE.
JE VOUS EN PRIE, N'INSISTEZ PAS, MONSIEUR.
VITE, LÀ-DEDANS!
13

EST-CE QUE C'EST UN DES TYPES DU MÉTRO?
NON, MAIS YOULNA M'A TOUJOURS AFFIRMÉ NE CONNAÎTRE PERSONNE À LYON.
BIZARRE... SUIVONS-LE.
C'EST ÇA, SUIVONS-LE, MAIS DISCRÈTEMENT.
UN PARDESSUS TOUT NEUF!
PAF
RRRRRAAAHH...
ENCORE CES GONES DE...
POUR LA DISCRÉTION, C'EST FICHU!
DOUCEMENT MON AMI!
LÂCHEZ-MOI, BANDE D'ABRUTIS!
C'EST L'EXPLORATEUR CHARLES WINDAR. IL REVIENT D'EXPÉDITION. ON L'A HOSPITALISÉ HIER SOIR.
IL EST TOUT BLEU. C'EST UN COUP DE SOLEIL?
NON UNE PIQÛRE D'INSECTE.
UNE CIVIÈRE, VITE.
...QUE JE M'OCCUPE DE CES CLOPORTES!
ALLONS, DU CALME! NOUS SOMMES DANS UN HÔPITAL ASEPTISÉ ICI, PAS SOUS LES TROPIQUES!
NOM D'UN BUGNON!
ZUT, IL NOUS A BEL ET BIEN REPÉRÉS.
OH! ON DIRAIT QU'IL A PERDU QUELQUE CHOSE.
WOUFF!
TROP TARD!!
14

TAXI
ALLEZ LES JAUNES
BAF
VITE ! SUIVEZ CETTE VOITURE ROUGE !!
TAXI
ALLEZ GORIQUE
CLAC
BROOO
BRRROOOO
BRR
O.K. C'EST PARTI !
?!?
!!!
VRROOOOOOOOAAA
TAXIiiii...
!?
ALLONS ATTENDRE MADY AU GROS CAILLOU.
QU'ES-CE-QUE TU AS RAMASSÉ TOUT À L'HEURE, TIDOU?
UN MOUCHOIR QUE LE TYPE A LAISSÉ TOMBER.
VOUS DISCUTEREZ PLUS TARD, LES GARS ! C'EST PAS LE MOMENT DE TRAÎNER ICI !!
PAS LE MOMENT DU TOUT !!...
VITE, DESCENDEZ LÀ !
MAIS...
QU'ES-CE QUE C'EST?
PCHTTT!

ME CONFONDRE MOI, LABUGNE, AVEC UN VULGAIRE ÉCUMEUR DE BROUSSE! AH! LES ABRUTIS!
GROTESQUE!
TOUT EST À RECOMMENCER.
UNE ENQUÊTE SUR LE POINT D'ABOUTIR.
NOM D'UN BUGNON!
LABUGNE!
PENDANT CE TEMPS...
TAXI
ALLEZ GRO NON TROPO
ÇA, C'EST DE LA FILATURE HEIN?
HAHA! J'ADORE ÇA MOI!
ATTENTION!
HA HA! ATTACHEZ VOTRE CEINTURE, ÉTEIGNEZ VOTRE CIGARETTE, REMONTEZ VOS CHAUSSETTES ON DÉCOLLE!
TAXI
ALLEZ HOP!
LÀ-BAS IL TOURNE!
TAXI
ALLEZ RETOUR
CLIC CLAC CLIC CLAC
NE VOUS EN FAITES PAS, JE NE LE LÂCHE PAS... HAHA!!
DITES, LÀ..HEU... LE CHIFFRE SUR LE COMPTEUR...
C'EST LE MONTANT DE LA COURSE, MA PETITE DAME.
ALLEZ ZEN PAIX
AÏE, AÏE, AÏE!!
??!!
TAXI
ALLEZ LES ZEBRES
UNE GAMINE!
16

...ET PAS UN RADIS EN PLUS!
TAXI
ALLEZ VOUFAIRVOIR
AVEC TOUT ÇA, J'AI PERDU MON BONHOMME!
PLUS TARD, AU GROS CAILLOU
TIENS VOILÀ NOS DEUX FLEMMES!
ET DE CE CÔTÉ, C'EST LA FLÈCHE QU'ARRIVE.
PUIS, J'AI VU DISPARAÎTRE LA VOITURE DANS UNE RUE PERPENDICULAIRE À L'AVENUE FÉLIX FAURE.
LAGUICLE? IL S'EST RAMOLLI LES BAGUETTES SUR LES TAM-TAMS.
HIHI!
BISTÈQUE, SI TU NE LA FERMES PAS, JE T'APLATIS LE NEZ AVEC MES BAGUETTES!
NOTRE TYPE HABITE PEUT-ÊTRE LE QUARTIER...
RIDICULE!
IL AURAIT AUSSI BIEN PU TOURNER LÀ ET HABITER LA LUNE! HAHA!!
EN TOUT CAS, ON NE LAISSERA TOMBER AUCUNE PISTE, MÊME RIDICULE!
OUAIS, ALLEZ-Y. MOI JE PASSE À L'HÔTEL. TU VIENS AVEC MOI, LAGUICLE!
À TOI DE JOUER, KAFI!
PFFF!
LE MOUCHOIR QUE LE TYPE A PERDU!
SNIF
HUILE
SNIF
PAF PAF
ON TE SUIT!

TANDIS QUE MADY ET LAGUILLE SE DIRIGENT VERS L'HÔTEL CONCORDIA, LES QUATRE AUTRES SUIVENT KAFI.
HOTE
IL NE VOUDRA JAMAIS!
BAH! ON PEUT TOUJOURS ESSAYER.
BEN JE NE SAIS PAS SI JE PEUX... VOUS N'Y PENSEZ PAS?
MAIS ÉCOUTEZ, ON POURAIT TROUVER UN TRUC... UN INDICE...
BON, BON, BON, BON, SUIVEZ-MOI.
IL MARCHE. SACRÉE MADY!
VOILÀ! LA CHAMBRE DE YOUNA, NE TOUCHEZ À RIEN, TOUT A ÉTÉ REMIS EN ORDRE.
?
QUEL BAZAR! TOUT A ÉTÉ FOUILLÉ.
OH! LA LA! LA CHAMBRE DE MADAME BOUAKOU EST DANS LE MÊME ÉTAT.
RIEN À PART DES VÊTEMENTS, PAS LA MOINDRE TRACE, D'UNE NOTE... D'UN BOUT DE PAPIER.
AH ÇA, C'EST NORMAL! LE SAC DE MADAME BOUAKOU AVEC TOUS CES PAPIERS EST AU COMMISSARIAT.
ET SES BIJOUX SONT DANS LE COFFRE DE L'HÔTEL.
TIENS! ON A DÉCOUPÉ LA VITRE POUR PASSER PAR LA FENÊTRE.
MADY, REGARDE!
DE LÀ, IL ÉTAIT FACILE DE PASSER PAR LA FENÊTRE.

ZÉRO SUR TOUTE LA LIGNE! LES CHAMBRES SEMBLENT AVOIR ÉTÉ LITTÉRALEMENT RATISSÉES.
TU COMPRENDS QUELQUE CHOSE À TOUT ÇA, TOI ?!
OH MOI! ÇA NE M'EMPÊCHE PAS DE DORMIR.
POURQUOI? HEIN? POURQUOI?
C'EST TOI QUI POSES LES QUESTIONS. JE TE LAISSE DONC TROUVER LES RÉPONSES. MOI ÇA ME FATIGUE.
UN JOUR ON ENLÈVE YOUNA, ET LE LENDEMAIN ON REVIENT FOUILLER SA CHAMBRE.
...ET PUIS, JE SUIS EN CONVALESCENCE MOI, HEIN! C'EST UN ACCIDENT DU TRAVAIL ÇA! MOI JE DEVRAIS ÊTRE DANS UN LIT.
A PROPOS, ILS AVAIENT PAS L'AIR MAUVAIS, LES LITS DE L'HÔTEL!
ÇA DOIT ÊTRE LÀ!
ET PUIS, C'EST HONTEUX!
UNE TRACE COMPROMETTANTE LABUGNE L'AURAIT TROUVÉE PUISQU'IL A FOUILLÉ LA CHAMBRE, C'EST UN DOCUMENT OU UN OBJET QUE LE TYPE EST REVENU CHERCHER.
...OUAIS, VRAIMENT HONTEUX.
... ME FAIRE MONTER CINQ ÉTAGES, (À PIED) AVEC DES MAINS BANDÉES...
LOGIQUEMENT DEVRAIT Y AVOIR UN ESCABEAU, LÀ-DEDANS.
...D'AILLEURS, JE M'EN PLAINDRAI À MON SYNDICAT.
ON EST EFFECTIVEMENT PASSÉ PAR LÀ IL N'Y A PAS LONGTEMPS.
LE L.P.D.R.P.V. LUTTE POUR LE DROIT AU REPOS PENDANT LES VACANCES. J'EN SUIS LE PRÉSIDENT FONDATEUR.
IL Y A DES ÉRAFLURES BRILLANTES SUR LE ZINC.
...ET ADHÉRENT!
HÉ, MADY, VIENS VOIR!
?

J'AI UNE IDÉE!
ON POURRAIT ALLER PASSER QUELQUES VACANCES EN AFRIQUE... NON?
REGARDE CES PHOTOS, ÇA A L'AIR SUPER!
AH, C'EST LE MOMENT.!
DES PHOTOS?!
OUAIS, ELLES ÉTAIENT DANS LE PLACARD À ÉCHELLES SOUS UN VIEUX JOURNAL.
ÇA A L'AIR SYMPA LÀ-BAS, NON?
ELLES APPARTIENNENT SANS DOUTE À YOULNA...
LE VOLEUR A DÛ LES ABANDONNER ICI APRÈS LES AVOIR EXAMINÉES.
BOAH! FINALEMENT, IL Y A CERTAINES PHOTOS OÙ ILS ONT VRAIMENT L'AIR DE TROP TRAVAILLER.
PEUT-ÊTRE Y EN AVAIT-IL D'AUTRES. SEULE MADAME BOUAKOU POURRAIT NOUS LE DIRE.
MAIS ELLE N'EST PAS SORTIE DU COMA.
BIEN QUE! Y'A LA MOUCHE TSÉTSÉ LÀ-BAS! SYMPATIQUE BESTIOLE.
UNE PETITE PIQÛRE ET ON ROUPILLE!
AU MÊME MOMENT...
ALLONS REJOINDRE LES DEUX AUTRES.
TIENS? ENCORE UNE VOITURE ROUGE! ON Y JETTE UN DERNIER COUP D'OEIL!
UUUUUUUUUUUUUJT
?!
RAAAH!
?!
ON A BATTU TOUT LE QUARTIER POUR DES PRUNES.
ET L'HEURE DU DÎNER APPROCHE.
LA MOITIÉ DES VOITURES ONT UNE SIRÈNE QUI SE DÉCLENCHE DÈS QU'ON Y TOUCHE!
ET ON PEUT PAS SE PLAINDRE ON A PRIS AUCUN COUP DE FUSIL!
ET KAFI, À FORCE DE FLAIRER, A LA TRUFFE EN PATATE.
ALLEZ ON RENTRE.
OH! ARRÊTE DE PARLER DE BOUFFE, TIDOU.
KAFI... ...OÙ EST-IL PASSÉ?...
KAFI!
IL EST ALLÉ CHERCHER UN OS. JE LUI AI DEMANDÉ DE M'EN RAMENER UN À MOI AUSSI!

GARAGE
REGARDEZ ! ON DIRAIT QU'IL A FLAIRÉ QUELQUE CHOSE DANS CE GARAGE.
SUPER 6,30
RAPPELLE KAFI, TIDOU ! J'Y VAIS,
OUI RAPPELLE-LE, J'AI FAIM !
SUPER 7,80
SUPER
HUM... Y'A QUELQU'UN ?
PERSONNE...
HEU... Y'A QUEL...
OH !
LA VOITURE !
ARONDE
ALORS MON GARS, ON S'INTÉRESSE À LA MÉCA-NIQUE ?
BEN... HEU... C'EST-A-DIRE NON ENFIN... SI, OUI...
BELLE VOITURE, HEIN ? C'EST UN NOUVEAU MODEL... HUM !

PARCEQUE TU VEUX L'ACHETER PEUT-ÊTRE.
NON MAIS... HEU... LE TYPE À QUI ELLE APPARTIENT, IL SAIT SOIGNER SA MÉCANIQUE.
T'AS VU JUSTE, MON GARS PARCE QUE CETTE VOITURE, C'EST CELLE DE MON PATRON.
ET MON PATRON...
...C'EST UN SACRÉ MÉCANO, ET LES VOITURES IL LES AIME!
PNEU
CELLE-LÀ, C'ÉTAIT UN TAS DE FERRAILLE QUAND IL L'A RÉCUPÉRÉE.
JE... JE CROIS LE CONNAÎTRE. C'EST PAS UN FRISÉ AVEC DES LUNETTES?
OUAIS OUAIS, MAIS DIS, TU SAIS TOUT TOI!
ET JE SAIS MÊME QU'IL HABITE AVENUE FÉLIX-FAURE ET QU'IL EST RENTRÉ HIER, ACCOMPAGNÉ D'UNE JEUNE FILLE NOIRE.
ALORS, LÀ, MON GARS, ZÉRO! D'ABORD, IL HABITE JUSTE AU-DESSUS DU GARAGE ET S'IL ÉTAIT RENTRÉ AVEC UNE JEUNE FILLE NOIRE JE L'AURAIS REMARQUÉ.
BON! J'AI AU MOINS APPRIS SON ADRESSE, AU PATRON.
D'AILLEURS, LE PATRON VA DESCENDRE D'UN MOMENT À L'AUTRE. SI TU VEUX LE VOIR...
NON NON, TOUT ÇA C'ÉTAIT POUR CAUSER. ET PUIS, IL FAUT QUE J'Y AILLE, ON M'ATTEND.
AH BON?
SALUT!
BEN, SALUT!
R A C E
ALORS?
J'AI RETROUVÉ LA VOITURE ROUGE.
KAFI JE TE FAIS LA GUEULE!
SUPER!
TU RAMÈNES RIEN COMME PROMIS, ET EN PLUS TU PUES L'ESSENCE!
...MAIS PAS TRACE DE YOULNA ET À CE QUE M'A DIT LE MÉCANO LE TYPE N'A RIEN DU GANGSTER.
POURTANT, J'AI EU L'IMPRESSION QU'ON ME SURVEILLAIT QUAND JE SUIS SORTI.
IL EST TARD, ON FERA LE POINT DEMAIN AVEC LES AUTRES.

LE LENDEMAIN MATIN.
ON DIRAIT QU'ELLES ONT ÉTÉ PRISES LORS D'UN CHANTIER MINIER.
ET DERRIÈRE CELLE-LÀ IL Y A UNE DATE ET UN NOM. QU'EST-CE QUE ÇA PEUT VOULOIR DIRE?
ZAPUETO, AVRIL 85.
BEN DE TOUTE FAÇON, ÇA N'INTÉRESSAIT PAS LE VOLEUR, PUISQU'IL LES A ABANDONNÉES.
LES PHOTOS ÉTAIENT ENFERMÉES DANS UNE ENVELOPPE. C'EST PEUT-ÊTRE UNE LETTRE QU'IL PENSAIT Y TROUVER.
?!
EH BIEN MOI, J'EN AI REÇU UNE, DE LETTRE!
LISEL!
Chère Mady,
Ne t'inquiète pas à mon sujet, je suis en lieu sûr. Surtout ni toi ni les compagnons ne faites part de ce mo
à la police.
Je t'écrirai très prochainement une longue lettre
Youlna
ÇA PROUVE AU MOINS QUE YOULNA EST VIVANTE.
MMOUAIS...
MAIS POURQUOI CETTE RECOMMANDATION CONCERNANT LA POLICE?
YOULNA A PU ÉCRIRE CETTE LETTRE SOUS LA MENACE.
A MON AVIS, LE RAVISSEUR SAIT QUE NOUS LA RECHERCHONS.
OH!
REGARDEZ ÇA!!

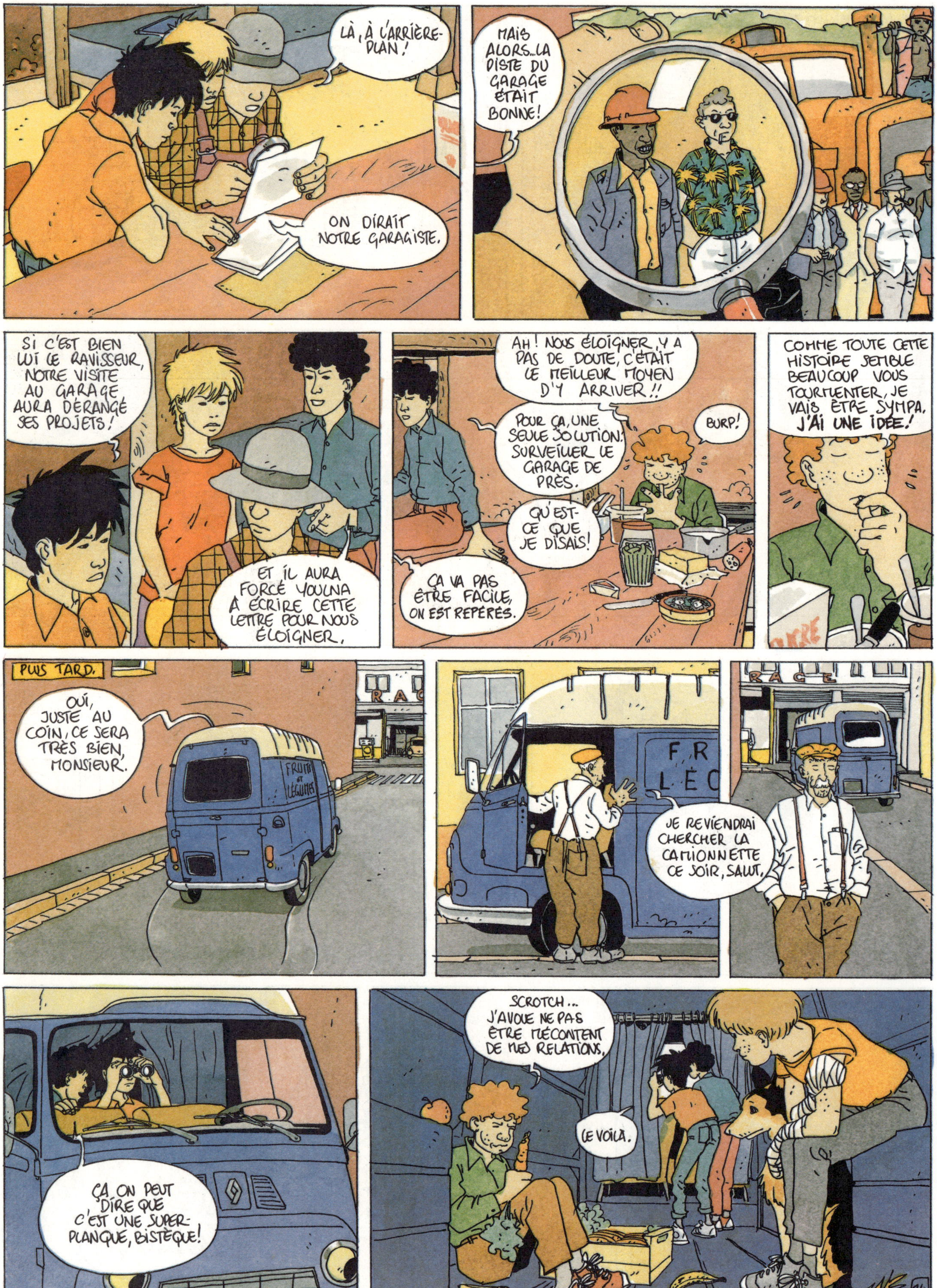
LÀ, À L'ARRIÈRE-PLAN !
ON DIRAIT NOTRE GARAGISTE.
MAIS ALORS...LA PISTE DU GARAGE ÉTAIT BONNE !
SI C'EST BIEN LUI LE RAVISSEUR, NOTRE VISITE AU GARAGE AURA DÉRANGÉ SES PROJETS !
ET IL AURA FORCÉ YOULNA À ÉCRIRE CETTE LETTRE POUR NOUS ÉLOIGNER.
AH ! NOUS ÉLOIGNER, Y A PAS DE DOUTE, C'ÉTAIT LE MEILLEUR MOYEN D'Y ARRIVER !!
POUR ÇA, UNE SEULE SOLUTION : SURVEILLER LE GARAGE DE PRÈS.
BURP !
QU'EST-CE QUE JE DISAIS !
ÇA VA PAS ÊTRE FACILE, ON EST REPÉRÉS.
COMME TOUTE CETTE HISTOIRE SEMBLE BEAUCOUP VOUS TOURMENTER, JE VAIS ÊTRE SYMPA. J'AI UNE IDÉE !
PLUS TARD.
OUI, JUSTE AU COIN, CE SERA TRÈS BIEN, MONSIEUR.
JE REVIENDRAI CHERCHER LA CAMIONNETTE CE SOIR, SALUT.
ÇA ON PEUT DIRE QUE C'EST UNE SUPER-PLANQUE, BISTÈQUE !
SCROTCH... J'AVOUE NE PAS ÊTRE MÉCONTENT DE MES RELATIONS.
LE VOILÀ.

QUE FAIT-IL?
RIEN, IL DONNE DES CONSEILS À SON MÉCANICIEN.
ÇA Y EST, IL EST SEUL.
JE VAIS ALLER ME PROMENER UN PEU, MOI.
ON FAIT
CE QU'ON PNEU
TURBO
IL A L'AIR PRÉOCCUPÉ ET PAS TRÈS EN FORME.
PLUS TARD...
C'EST BIZARRE ÇA! C'EST LA TROISIÈME FOIS QU'IL COMPOSE LE MÊME NUMÉRO ET QU'IL RACCROCHE SANS ATTENDRE.
GARAG
IL RECOMMENCE CINQ... TROIS... UN...
AH! ÇA Y EST. IL PARLE.
HMMM C'ÉTAIT SANS DOUTE UN CODE.
HÉ, LES GARS! VENEZ VOIR. J'AI FAIT UNE DÉCOUVERTE!
DIS, GNAFRON, SI JAMAIS T'AS VRAIMENT FAIM, TU PEUX PRENDRE UNE CAROTTE. MAIS PAS TOUTES
À TOUT À L'HEURE.
SUIS-MOI, ON VA FAIRE LE TOUR DU PÂTÉ DE MAISONS.
SI C'EST UNE BLAGUE, JE LA TROUVE DÉJÀ MAUVAISE.
25

PFFF... LES CAROTTES C'EST BON POUR LES PFF... YEUX... MAIS PFF... SUR LES JAMBES, C'EST SANS EFFET.
DIS DONC LAGUILLE, TU VAS ME FAIRE COURIR LONGTEMPS COMME ÇA?
ON ARRIVE!
ET VOILÀ... C'EST L'ARRIÈRE DU GARAGE.
!
PFFF...
ET QU'EST-CE QUE TU VEUX QU'ON FASSE DERRIÈRE LE GARAGE? ON ÉTAIT BIEN DEVANT!
MAIS NON! REGARDE CETTE BICOQUE, APPAREMMENT À L'ABANDON...
BURP!
BEN OUI, ET ALORS?
...ET L'ANTENNE TOUTE NEUVE SUR LE TOIT, TU TROUVES PAS ÇA BIZARRE?
ET VA JETER UN OEIL PAR LE TROU DE CETTE PORTE.
?
LA VOITURE ROUGE!!!
ARONDE
IL FAUT ABSOLUMENT TROUVER LE MOYEN D'ENTRER DANS CETTE MAISON.
HÉÉÉ UNE VOITURE! CACHEZ VOUS, ON NE SAIT JAMAIS...
BURP!
545 CK 69
26

ILS ENTRENT.
BURP!
QUI SONT CES TYPES ?
JE NE SAIS PAS, SANS DOUTE DES COMPLICES DU GARAGISTE...
ATTENTION ! LE VOILÀ !
?!
PAF AAAAA...
!?
VROOOOOOO...
HÉÉÉ ?? CE TAPIS ROULÉ ...

?!
YOULNA!
!!
¿??! ¡!
?
BOF
OÙ TU VAS COMME ÇA, MORVEUX?
MAIS LÂCHE-MOI!
GRRRO
VAS-Y, KAFI!
GRRROOO
BING
Y'A ENCORE UN AMATEUR?
HEU... NON, NON!
MERCI. PAS ENTRE LES REPAS.
HO! TU VIENS OU QUOI ?!
CE CABOT DE... M'A DÉMOLI MON PANTALON.
VRRRRRROOOOOO
MON PAUVRE KAFI! DE QUOI ON A L'AIR?
HÉ, MAIS! Y'EN AVAIT TROIS DES TYPES?...
DEMAIN, JE VOUS FAIS DES ÉPINARDS POUR LE PETIT DÉJ. C'EST ÇA QUI VOUS MANQUE!
MAIS C'EST VRAI ÇA!! IL MANQUE LE GARAGISTE.
HEU... TU VEUX VRAIMENT ENCORE PRENDRE DES BAFFES!?
DES ÉPINARDS BÉCHAMEL, POIVRE, NOIX DE MUSCADE, UNE GROSSE POIGNÉE DE PETIT SEL ET 30 GRAMMES DE BEURRE.
AAAH!

ATTENDS !... UNE GROSSE POIGNÉE DE PETIT SEL OU UNE PETITE POIGNÉE DE GROS SEL ???... ZUT !...
?!
CLONG PAF AAAAAH BING OUAF OUAF
!?!? TIDOU ?
??
FLAC
BISTÈQUE LAGUILLE !! VENEZ VITE, TOUT VA BIEN !
EN ENTRANT, J'AI TRÉBUCHÉ SUR LE CORPS DU GARAGISTE ET TOUT CE FOURBI M'EST TOMBÉ DESSUS.
IL... IL EST MORT ?
GASP !...
NON, ÇA PUE L'ETHER ICI. IL A SÛREMENT ÉTÉ ENDORMI.
SNIFF SNIFF
ÇA VOUDRAIT DIRE QU'IL Y A DEUX BANDES SUR LE COUP !
PEUT-ÊTRE... ALLONS VOIR À L'ÉTAGE.
ON LE LAISSE LÀ LE GARAGISTE ?
BOAH ! IL DORT LE VEINARD !
DÉCIDÉMENT, ON AIME L'AFRIQUE ICI !
TIENS, UN POSTE RADIO-ÉMETTEUR !?
REGARDE, LÀ ! UN TIRAGE IDENTIQUE À L'UNE DES PHOTOS QUE J'AI TROUVÉES HIER.
OH !
29

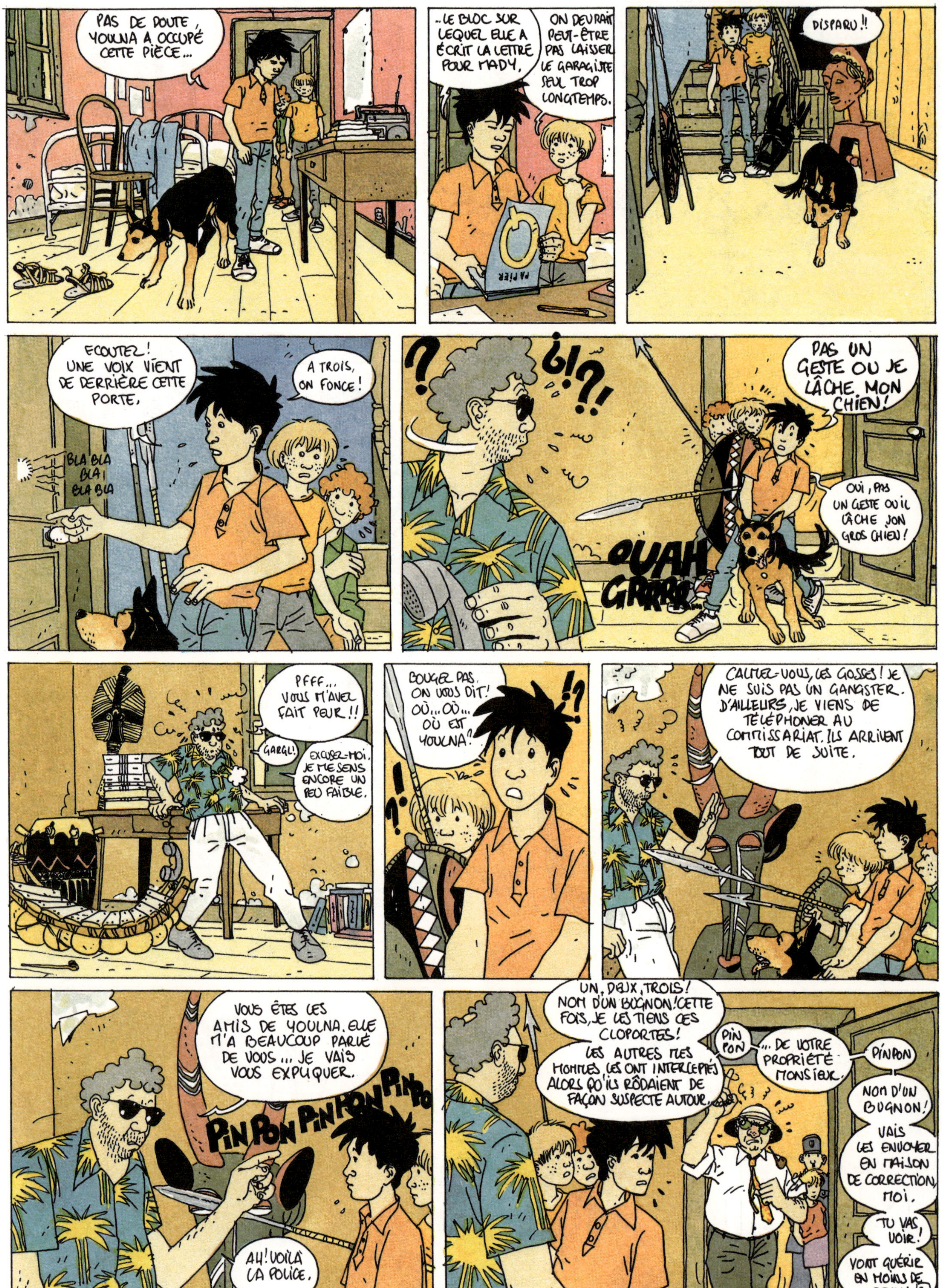
PAS DE DOUTE, YOULNA A OCCUPÉ CETTE PIÈCE...
...LE BLOC SUR LEQUEL ELLE A ÉCRIT LA LETTRE POUR MADY.
PAPIER
ON DEVRAIT PEUT-ÊTRE PAS LAISSER LE GARAGISTE SEUL TROP LONGTEMPS.
DISPARU!!
ECOUTEZ! UNE VOIX VIENT DE DERRIÈRE CETTE PORTE.
BLA BLA BLA BLA BLA
A TROIS, ON FONCE!
?
¿!?!
PAS UN GESTE OU JE LÂCHE MON CHIEN!
OUI, PAS UN GESTE OU IL LÂCHE SON GROS CHIEN!
OUAH GRRRR
PFFF... VOUS M'AVEZ FAIT PEUR!!
GARGL!
EXCUSEZ-MOI, JE ME SENS ENCORE UN PEU FAIBLE.
BOUGEZ PAS. ON VOUS DIT! OÙ... OÙ... OÙ EST YOULNA?
CALMEZ-VOUS, LES GOSSES! JE NE SUIS PAS UN GANGSTER. D'AILLEURS, JE VIENS DE TÉLÉPHONER AU COMMISSARIAT. ILS ARRIVENT TOUT DE SUITE.
VOUS ÊTES LES AMIS DE YOULNA. ELLE M'A BEAUCOUP PARLÉ DE VOUS... JE VAIS VOUS EXPLIQUER.
PIN PON PIN PON PIN PO
AH! VOILÀ LA POLICE.
UN, DEUX, TROIS! NOM D'UN BUGNON! CETTE FOIS, JE LES TIENS CES CLOPORTES!
LES AUTRES MES HOMMES LES ONT INTERCEPTÉS ALORS QU'ILS RÔDAIENT DE FAÇON SUSPECTE AUTOUR...
PIN PON
...DE VOTRE PROPRIÉTÉ MONSIEUR.
PIN PON
NOM D'UN BUGNON! VAIS LES ENVOYER EN MAISON DE CORRECTION, MOI.
TU VAS VOIR!
VONT QUÉRIR EN MOINS DE DEUX!
30

VOUS FAITES ERREUR, COMMISSAIRE. ILS N'Y SONT POUR RIEN, AU CONTRAIRE! JE VAIS TOUT VOUS EXPLIQUER.
MMMH... JE VOUS ÉCOUTE, MAIS GARE! OU JE VOUS ENVOIE TOUS EN MAISON DE CORRECTION.
LE PÈRE DE YOUNA, ALGO BALINKÉ ET MOI, SOMMES DEVENUS AMIS IL Y A QUELQUES ANNÉES À ZAPUETO OÙ IL ÉTAIT INGÉNIEUR.
ZA QUOI?
¿!?¿!
ZAPUETO, VILLE MINIÈRE DU NORD DE LA MOGAMBIE ET CERTAINEMENT LE PLUS IMPORTANT GISEMENT DE MANGANÈSE AFRICAIN.
MMMH GROMEL GROMEL ...MAISON DE CORRECTION GROMEL ...
EXACT! NOUS AVIONS UNE PASSION COMMUNE LA "CB" OU RADIO AMATEUR. AUSSI, BIEN QUE JE SOIS REVENU ME FIXER DEPUIS QUELQUES ANNÉES EN FRANCE, NOUS AVONS CONTINUÉ À CORRESPONDRE RÉGULIÈREMENT.
BRAVO, ALGO! PERMETS-MOI DE FÉLICITER LE FUTUR PDG DE LA COMPAGNIE MINIÈRE DE MOGAMBIE
MERCI ALAIN, MAIS JE SUIS INQUIET.
EN FAIT, DEPUIS QUE SON GOUVERNEMENT A DÉCIDÉ DE LUI CONFIER LA DIRECTION DE CETTE EXPLOITATION, ALGO EST EN BUTTE À UN VÉRITABLE CHANTAGE DE LA PART D'UN TRUST ÉTRANGER QUI CHERCHE PAR TOUS LES MOYENS À S'APPROPRIER CE DROIT.
TRUST?! QU'EST-CE QUE C'EST QUE ÇA?
LES BANDITS ONT CHERCHÉ À ATTEINDRE MON AMI QUI EST VEUF À TRAVERS SA FILLE.
UNE SIMPLE SIGNATURE, ET VOTRE FILLE EST HORS DE DANGER, MONSIEUR BALINKÉ.
DU BARATIN TOUT ÇA! NOM D'UN BUGNON!! CE TYPE CHERCHE À M'ENDORMIR!
MAIS, J'AI L'OEIL.
DEVANT LE DANGER, ALGO A DÉCIDÉ D'ENVOYER SA FILLE ACCOMPAGNÉE DE SA GOUVERNANTE EN FRANCE ET C'EST MOI QUI...
...LEUR AI CONSEILLÉ DE S'INSTALLER À L'HÔTEL CONCORDIA EN SE FAISANT PASSER POUR GUINÉENNES.
ET, QUAND L'AUTRE SOIR, YOUNA AFFOLÉE VOUS A TÉLÉPHONÉ POUR DIRE QU'ELLE AVAIT ÉTÉ SUIVIE DANS LA RUE...
J'AI PRIS PEUR. Mme BOUAKOU N'ÉTAIT PAS RENTRÉE.
J'AI CRU À L'IMMINENCE D'UN ENLÈVEMENT, JE ME SUIS PRÉCIPITÉ, LE RESTE VOUS CONNAISSEZ...
31

FINALEMENT, LES BANDITS ONT RETROUVÉ MA TRACE À MOI AUSSI.
COMMISSAIRE, JE VOUS EN PRIE, IL FAUT ABSOLUMENT LES EMPÊCHER DE QUITTER LA VILLE!
ZZZZ...
...
!?!
HMMM? HEIN! HMMM? ABSOL... ABSOLUMENT?!
ORDRE D'INTERCEPTER TOUTE DS CITROËN BLANCHE!
HMMH C'EST ÇA.
TIENS? C'EST LE MORCEAU QUE KAFI A ARRACHÉ AU PANTALON DU TYPE TOUT À L'HEURE...
AVEC ÇA, KAFI...
DONNE-MOI ÇA, FICHU GONE!
LABORATOIRE D'ANALYSES SCIENTIFIQUES ... CARBONE 14... NOM D'UN BUGNON!
SLAP
PIN PON PON PIN PON
BANDE D'AMATEURS!
PIN PON
VRRRROOO
IRRÉCUPÉRABLE.
T'AS VU ÇA, TIDOU?
C'EST PEUT-ÊTRE TOMBÉ DE LA POCHE ARRACHÉE DU BANDIT.
BOH! DES BOUTS DE PAPIER IL EN TRAÎNE PARTOUT ICI.
DE TOUTE FAÇON, ON N'A VRAIMENT PLUS LA MOINDRE PISTE, ET LABUGNE AVEC SES MÉTHODES SCIENTIFIQUES...
HO! PATRON, UN CLIENT VOUS DEMANDE!
OK. J'ARRIVE!
TENEZ-MOI AU COURANT. JE FAIS DES RECHERCHES DE MON CÔTÉ.
OH! MAIS MOI, ÇA ME DIT QUELQUE CHOSE...?!
ON DEVRAIT PEUT-ÊTRE ALLER RÉCUPÉRER GNAFF QUI FAIT TOUJOURS LE GUET DANS LA CAMIONNETTE.

PLUS TARD...
AH! C'EST VOUS... NON... RIEN. J'AI TÉLÉPHONÉ AU COMMISSAIRE À L'INSTANT, ILS N'ONT PAS ENCORE RETROUVÉ LES RAVISSEURS NI LA DS.
ILS N'ONT À MON AVIS PAS ENCORE QUITTÉ LYON, ILS DOIVENT SE TERRER DANS UNE CACHE QUELCONQUE!
OUAIS C'EST ÇA! C'EST ÇA!
C'EST ÇA, OUAIS C'EST L'ARLEQUIN BLEU.
LE DRÔLE DE "A" EN FORME DE BICORNE, EH BIEN, C'EST CELUI DE L'ENSEIGNE DE L'ARLEQUIN BLEU. UNE BOUTIQUE DE JOUETS.
C'EST DANS LE QUARTIER OÙ J'HABITAIS AVANT. JE PASSAIS TOUS LES JOURS DEVANT EN ALLANT À L'ÉCOLE.
BEN ON POURRAIT ALLER Y FAIRE UN TOUR. ON A RIEN D'AUTRE À FAIRE.
20 MINUTES PLUS TARD...
JOUETS
L'ARLEQUIN BLEU
VOILÀ C'EST LÀ!
C'EST BIEN, MAIS MAINTENANT QU'EST-CE QU'ON FAIT?
BEN HEU.
ON ENTRE!
Y'A QUELQUE CHOSE QUI CLOCHE À CE MAGASIN, VOUS TROUVEZ PAS?
HIHI!
HAHA! IL EST FERMÉ DEPUIS LONGTEMPS VOTRE MAGASIN REGARDEZ TOUS CES PROSPECTUS.
ON FERAIT MIEUX DE SE TROUVER UNE BONNE BOULANGERIE.
PFFF... QUELLE BARBE CETTE HISTOIRE.
FAUT ALLER JUSQU'AU BOUT, ON PEUT PAS COMPTER SUR LA POLICE.
MAIS ON N'A PLUS LA MOINDRE PISTE.
MOI, JE VEUX BIEN CONTINUER, SI ON PASSE RÉGULIÈREMENT DEVANT UN POINT DE RAVITAILLEMENT.
OH MAIS... Y'A PEUT ÊTRE UNE COUR DERRIÈRE CE MAGASIN.

BAH! ON N'APPRENDRA RIEN DE PLUS ICI!
SI, LÀ, UN SOUPIRAIL OUVERT,
OH! LA LA!! ÇA A L'AIR HAUT!
VIDE!
BONG
CLANG CLANG
C'EST UN CUL-DE-SAC, JE REMONTE,
?!
CRAACK
?!
MADY! FAIS QUELQUE CHOSE, JE T'EN PRIE!!!
QU'EST-CE QUI SE PASSE, TIDOU?
HAAAAH!!
??!!
MADY, ME LAISSE PAS TOMBER!!!
!?!

HEU... JE HEU... JE...
Mme LAMBERT 6, rue Mouguy 69000 LYON
JE SUIS LA NIÈCE DE Mme. LAMBERT ELLE A PERDU UN MÉDAILLON. ELLE CRAIGNAIT L'AVOIR JETÉ À LA POUBELLE AVEC LES ÉPLUCHURES ET COMME C'EST UN BIJOU ANCIEN...
AH BEN, JE COMPRENDS! UN MÉDAILLON ANCIENS. LA PAUVRE! MOI ÇA ME RAPPELLE L'AN DERNIER ET... BLA ET BLABLA ET BLABLA...
SI JE LÂCHE, JE SUIS COINCÉ DANS CETTE CAVE.
MADY GROUILLE-TOI J'EN PEUX PLUS MOI.
ET BLA ET BLABLA SAVEZ OÙ JE L'AI RETROUVÉ? BLA BLA FRIGIDAIRE BLA BLA ET BLA...
STONK
BLA BLA BLA ET MA MACHINE A LAVER BLA MOULINEX BLA
?!
QU'EST-CE QUE C'EST QUE ÇA?
HEU, DES RATS SANS DOUTE.
DES RATS!... POUAH... SALES BÊTES, LES RATS!
ÇA C'EST DEPUIS QUE LE PROPRIÉTAIRE DU MAGASIN EST MORT, ILS EN PROFITENT, LES RATS! C'EST LE BROCANTEUR DE LA RUE DES LILEURS QUI S'OCCUPE DE DÉBARRASSER TOUT LE FOURBI QU'IL Y A LÀ-DEDANS. IL DEVRAIT LEUR DONNER DE LA MORT-AUX-RATS.
JE LUI EN PARLERAI LA PROCHAINE FOIS, MAIS IL EST À L'HÔPITAL, LE PAUVRE, UN ACCIDENT, Y A TROIS SEMAINES, LE PAUVRE... UN ACCIDENT BIZARRE... LE PAUVRE...
MAIS QU'EST-CE QUI SE PASSE, LA-HAUT??
!!!
...DERRIÈRE VOUS, ÇA FUME!!
HEIN??
DOUX JÉSUS! MON RAGOÛT!!
PFFF!! BON, A TIDOU MAINTENANT.
TOUT BRÛLÉ MON RAGOÛHOU-HOU KOF KOF!
VINGT MINUTES ET QUELQUES AVIONS DE PAPIER PLUS TARD...
J'AI BIEN CRU QU'IL FAUDRAIT APPELER LES POMPIERS POUR TE SORTIR DE LÀ.
AH! VOUS VOILÀ VOUS DEUX. ON A BIEN FAILLI S'INQUIÉTER.
35

IMPASSE DES LIEURS
L'ENTREPÔT DU BROCANTEUR DOIT SE TROUVER DANS CETTE USINE DÉSAFECTÉE.
ON DIRAIT QU'IL Y A DU MONDE.
IL Y A UNE ÉCHELLE D'INCENDIE, DE LÀ-HAUT, ON PEUT SÛREMENT VOIR À L'INTÉRIEUR.
KAFI, VA TE CACHER. ON T'APPELLERA EN CAS DE BESOIN.
LES DEUX TYPES À LA DS!
CETTE FOIS, ON NE SE SERA PAS DÉPLACÉ POUR RIEN.
QU'EST-CE-QU'ON VA FAIRE ? ON NE SAIT MÊME PAS SI YOULNA EST ICI.
EN TOUT CAS, IL VA FALLOIR AGIR, ET VITE!
ON DEVRAIT PRÉVENIR LE GARAGISTE.
BONNE IDÉE. MOI PENDANT CE TEMPS, JE VAIS FAIRE UN TOUR SOUS LA BÂCHE DE LEUR CAMION.
DOIT Y AVOIR UNE CABINE PAS LOIN.
36

AÏE! AÏE!!
QUAND TU AURAS MIS ÇA DANS LE CAMION ON S'OCCUPE DU GROS MORCEAU.
POURQUOI DÉMÉNAGENT-ILS TOUT CE BAZAR ?
ET SI YOUNA EST CACHÉE DANS UNE DE CES CAISSES, COMMENT LE SAVOIR ??
OÙ EST-CE QUE JE VAIS METTRE CETTE DE CAISSE ?
PLAF
HAN!!
ZUT! JE SUIS PRISE COMME UNE DÉBUTANTE.
?!
MAIS! IL NE M'A PAS VUE!!...
OUF! LE TYPE REVIENT SEUL! MADY NE S'EST PAS LAISSÉ SURPRENDRE...
RUSSIA
AFRICA
ALLÔ... OUI, NOUS AVONS LOCALISÉ LES RAVISSEURS DE YOUNA. ...NON PAS VUE... OUI... IMPASSE DES LIEURS... A TOUT DE SUITE !
GNAF, DIS-LUI DE RAMENER DES SANDWICHS, ÇA RISQUE D'ÊTRE LONG.
HUH! CES TYPES SONT SÛREMENT ARMÉS... TROP DANGEREUX! JE PRENDS LE RISQUE DE PRÉVENIR LE COMMISSAIRE.
ALLÔ! OUI... LE GARAGISTE!!... QUEL GARAGISTE??... HEIN? RETROUVÉ LES RAVISSEURS!! JE SUIS RAVI POUR VOUS! ...HMMM!... MAIS NOM D'UN BUGNON! EXPLIQUEZ-VOUS, ET PUIS D'ABORD QUI ÊTES-VOUS?...
37

TIDOU, LE TONDU, VENEZ PAR LÀ, IL Y A UNE TRAPPE!
MARE
FRAGILE
HAUT
DESCENDONS, MAIS ATTENTION À NE PAS NOUS FAIRE REPÉRER.
MOI JE RESTE LÀ-HAUT. C'EST UN POINT STRATÉGIQUE.
AFRICA
RHAAH, QUE C'EST LOURD!!
TING
BLINK
STOP! POSE TOUT. J'AI L'IMPRESSION QU'ON EST PAS TOUT SEULS.
ITALIA
MARE
PENDANT CE TEMPS.
COMMISSAIRE, CALMEZ-VOUS. NOUS NOUS SOMMES VUS CE MATIN. RAPPELEZ-VOUS: CE-MA-TIN!
VENEZ AVEC VOS HOMMES DE TOUTE URGENCE, LES GAMINS SONT EN DANGER. CES TYPES SONT DES CRIMINELS!!
?!?
MMMH... LES GAMINS...
LES GAMINS??
VOUS VOULEZ PARLER DES SIX ET DE LEUR CHIEN?
OUI CO...
NOM D'UN BUGNON FALLAIT LE DIRE TOUT DE SUITE, J'ARRIVE!!
FINALEMENT, IL A UN BON FOND CE COMMISSAIRE...
DES CRIMINELS!! JE LE SAVAIS! SALES GOSSES! CETTE FOIS LA MAISON DE CORRECTION NE SUFFIT PLUS!
PAF
GLYTOX

ZUT, ILS VONT SE FAIRE PIÉGER!
KLONK
?!
PAW PAW PAW
PAW
CLOC
CLAC
CLAC
CLAC
CLAC
AÏE AÏE AÏE! SI LE TONDU N'EST PAS TRANSFORMÉ EN PASSOIRE APRÈS ÇA.
BON, JE MONTE VOIR. ATTENDS MOI ICI.
TIDOU, IL FAUT FAIRE QUELQUE CHOSE. S'IL EST BLESSÉ, IL NE PEUT PAS SE DÉFENDRE.
OUIOUIOUI...
PLIK
PLIK

PERSONNE! IL N'EST PAS TOMBÉ TOUT SEUL CE FER À REPASSER.
AAAAAAAH!!
NOOON
RESTE LÀ, TIDOU!
LÀ! IL EST MORT!...
BEN, IL A DE LA CHANCE, L'AFFREUX... EN TOUT CAS, C'ÉTAIT LUI OÙ MOI.
LES GOSSES! JE M'EN DOUTAIS!
J'AI PAS DIT MON DERNIER MOT.
CLIC CLIC CLIC
ET
C'EST LE MOMENT!
MOI J'APPELLE D'ABORD KAFI.

PIN
PON
PIN PON PIN PIN PON
LES FLICS ?!
PIN PON PIN PO
!
VLAN
ET DE TROIS !
PIN PON PON PON PIN PON
RRRROOOOOOOOOOO
DÉPÊCHEZ-VOUS, MON VIEUX. JE VEUX LES PRENDRE SUR LE FAIT.
Z'AURONT LEUR RACLÉE L'UN APRÈS L'AUTRE,
NOM D'UN BUGNON !
PIN PON PON PIN PON
!?!
YOUNA ?... PAS VUE,... MAIS ?? ET MADY OÙ EST-ELLE ??

??
??!
MOI, J'AI INTÉRÊT À ME METRE À L'ABRIT.
QU'EST-CE QUE C'EST ÇA? J'Y VOIS PLUS RIEN!!
MAIS FREINE, IMBÉCILE! FREINE!!
CRRAACK
A LA VÔTRE, LES GARS, HIPS!
TOUT EST RATÉ, RATÉ, RATÉ.
CLAC
ÇA VA?
OUI, OUI, RETOURNONS VITE A L'ENTREPÔT. YOUNA DOIT ENCORE ÊTRE LÀ-BAS, CACHÉE QUELQUE PART.
ET LES BANDITS DOIVENT S'ÊTRE ÉVANOUIS DANS LA NATURE MAINTENANT.
NOM D'UN BUGNON! QUI C'EST ÇA? ENCORE DES COMPLICES SANS DOUTE!
?!?
M'ÉNERVE LE COMMISSAIRE!

AH! VOILÀ DU RENFORT ET LE PANIER À SALADE.
EMBARQUEZ-MOI TOUT CE BEAU MONDE ET AU POSTE! NOM D'UN BUGNON!
BOUGE PAS OÙ JE BAVE!
MAIS ?...
RICA
Melli
ifini
Manicongo
WOUFF? WOUFF?
ALLONS-Y! J'ATTENDS VOS EXPLICATIONS!
COMMISSAIRE, CES ENFANTS ET MOI...
TAISEZ-VOUS, NOM D'UN BUGNON!
SEPTENTRIONALIS
ZONA
OUAH OUAH OUAH OUAH OUAH OUAH OUAH
MMPFF... MMPFF... POURQUOI AVEZ-VOUS ENLEVÉ Mlle BALINKÉ? ET OÙ LA SÉQUESTREZ-VOUS? HMMPFF... MMPFF...
OUAF OUA
OUAH
MOI J'AI TOUT MON TEMPS. NOM D'UN BUGNON!!
?! AAAAH ?!??

?!
ANEVM
Aegypohis
IA
CLIC
RRRRRRRRRR
EUROPA
GALLIA
WOUF
SNAK
SNAK
SNAK
BRAVO, KAFI ! ALLONS VITE AU COMMISSARIAT. J'AI TOUT ENTENDU DE MA PRISON...
LE LENDEMAIN...
AH ! QUEL PLAISIR DE REVOIR ENFIN LE SOLEIL !
OUI... HEU...
YOULNA, JE CROIS QU'ON NOUS SUIT !
FIN

Imprimé en France par BRODARD GRAPHIQUE – Coulommiers-Paris HY/4300/2
Dépôt légal n° 811 - Avril 1986
46.24.0175.01
ISBN 2.7333.0175.6
Loi N° 49.956 du 16 juillet 1949
sur les publications destinées à la jeunesse - dépôt 4.86